AF268201

ANDRÉ THEURIET

LES PAYSANS

DE

L'ARGONNE

— 1792 —

PRIX : 50 CENTIMES

PARIS

ALPHONSE LEMERRE, ÉDITEUR

47, PASSAGE CHOISEUL, 47

—

1870

LES

PAYSANS DE L'ARGONNE

— 1792 —

ANDRÉ THEURIET

LES PAYSANS

DE

L'ARGONNE

— 1792 —

PARIS

ALPHONSE LEMERRE, ÉDITEUR

47, PASSAGE CHOISEUL, 47

1870

LES

PAYSANS DE L'ARGONNE

— 1792 —

———

Verdun s'était rendu. Serrés en noires lignes,

Les bataillons prussiens escaladaient nos vignes.

Vers l'Argonne, aux grands bois noyés dans les brouillards,

Ils s'avançaient nombreux, insolents et pillards,

Et les corbeaux, trompés par ces voix allemandes,

Se croyaient en famille et saluaient leurs bandes.

Tous se voyaient déjà triomphants ; et, le soir,

Leurs généraux, grisés par les vins du terroir,

Taillaient la France entre eux comme un cerf qu'on démembre...

La route cependant était rude. Septembre

Versait à flots les pleurs de son ciel pluvieux,

Les fourgons dans la boue entraient jusqu'aux essieux,

Et les hommes juraient et faisaient triste mine,

Ayant au front la pluie, au ventre la famine.

Les bourgs étaient déserts ; les paysans lorrains

Cachaient dans les forêts leurs troupeaux et leurs grains,

Et, quand chez un fermier les fourrageurs avides

Arrivaient, l'écurie et la huche étaient vides...

Leurs premiers régiments, à demi morts de faim,

Avaient atteint Grandpré ; devant eux à la fin,

L'Argonne se dressait, profonde, sombre et haute,

Quand un des espions rapporta qu'à mi-côte,

Dans un taillis coupé par des fossés bourbeux,

Des paysans s'étaient enfuis avec leurs bœufs.

D'abord ce fut un rauque et brutal cri de joie,

Puis un silence, et, pour ne pas manquer la proie,

On cerna le taillis.

        Au milieu des halliers,

Cent hommes environ, fermiers et journaliers,

Pâles, armés de faux et de vieilles épées,

Faisaient le guet, tandis qu'à l'entour des cépées,

Leurs grands bœufs ruminaient d'un air indifférent.

Tout à coup un rayon de soleil, éclairant

L'épaisseur du fourré, laissa voir sous les ormes

Les fusils des Prussiens et leurs noirs uniformes.

« A nous! » dit un berger... Sa voix vibrait encor,

Quand un coup de mousquet l'étendit roide mort.

Ils étaient dix contre un; d'ailleurs que peuvent faire

De pauvres paysans contre des gens de guerre?...

On se rendit. Un chef écrivit le détail

Des parts que chacun d'eux avait dans le bétail,

Et leur remit, avec d'amères railleries,

Un bon sur le Trésor, payable aux Tuileries...

Puis en criant hurrah! les soldats deux à deux

Défilèrent, poussant le troupeau devant eux.

Les bœufs, en mugissant, et les génisses rousses

Tournaient le front d'un air plaintif, et leurs voix douces

Retentissaient au loin. Les paysans navrés

Les regardaient partir, muets, les poings serrés,

Et des larmes de feu brûlaient leur peau tannée...

Amour de la maison où notre race est née,

Haine de l'étranger qui vient prendre au pays

Le blé de ses sillons et le sang de ses fils,

Fier sentiment du droit écrasé par la force,

C'est vous qui pénétrez nos cœurs à rude écorce !

Nous ne comprenons rien, nous autres laboureurs,

Aux querelles des rois avec les empereurs,

Nous ne connaissons pas la gloire et ses chimères ;

Mais nous savons que les enfants sont à leurs mères,

Que nos champs sont à nous, que le sang veut du sang,

Et nous nous soulevons comme un flot menaçant...

Les paysans, avec des pleurs dans les paupières,

Demeurèrent longtemps au milieu des bruyères.

Tout à coup, brandissant leurs faux, mêlant leurs voix,

Ils jetèrent un cri qu'au loin l'écho des bois

Répercuta comme un tonnerre, et, l'œil farouche,

La rage dans le cœur, la vengeance à la bouche,

Ils bondirent parmi les ronces des halliers

Comme un fauve troupeau de rudes sangliers.

Ils coururent ainsi jusqu'aux âpres falaises

Où les noirs charbonniers surveillaient leurs fournaises.

Tout un groupe vaillant vivait sur ces hauteurs :

Braconniers, bûcherons, hardis et fiers lutteurs.

Hors d'haleine, tremblant de hâte et de colère,

Le doyen des fermiers leur raconta l'affaire,

Et quand il eut fini, le maître charbonnier

Remplit sa poire à poudre et boucla son carnier.

C'était un grand vieillard aux traits durs et moroses,

Il avait vu beaucoup de pays et de choses,

Et savait lire : « Amis, leur dit-il, vengeons-nous,

Vengeons-nous dès ce soir !... Ces Prussiens sont des loups

Qui nous dévoreront, si nous les laissons faire.

Ils nous prendront jusqu'au dernier lopin de terre,

Ils viendront se gorger de notre vin vermeil

Et dégourdir leur sang à notre chaud soleil...

Nous sommes la lumière ; eux, il sont les ténèbres !

Donc, en marche, et traquons à mort ces loups funèbres !

Je sais où doit passer un de leurs régiments.

Venez tous, et ce soir, contre les Allemands

Ce que nous défendrons, avec notre existence,

Ce sera le joyeux et libre sol de France ! »

Il dit et se leva. Son profil maigre et fier

Se découpait en noir sur le couchant d'or clair.

Ayant pris son fusil, il partit, l'air tranquille,

Comme pour une chasse, et derrière, à la file,

Dans un sentier bordé de genêts et de houx,

Graves, silencieux, ils le suivirent tous...

Ils marchaient, et la nuit tombait, et les nuées

Où les éclairs perçaient de blafardes trouées,

Dans le ciel orageux amassaient leurs plis lourds.

L'averse ruisselait... Ils avançaient toujours.

Enfin le charbonnier sur le bord d'une pente

Fit halte, et, leur montrant la profondeur béante,

Murmura lentement : « C'est par là qu'ils viendront. »

Dans la roche un ravin s'ouvrait, et d'un seul bond

Descendait brusquement au fond d'une clairière.

Un torrent s'y creusait un étroit lit de pierre,

Et la route longeait à pic le cours de l'eau.

Du creux de ce couloir au sommet du plateau,

Selon l'effort du vent, la voix d'une cascade

Arrivait jusqu'aux gens placés en embuscade,

Tantôt comme un fracas de chevaux au galop,

Et tantôt comme un faible et limpide sanglot.

Les paysans avaient barricadé la route.

Ils attendaient, le cœur plein d'angoisse et de doute,

Lorsque, vers le ravin penchant son front noirci,

Le charbonnier leur dit : « Écoutez!... Les voici... »

En effet, à travers la pluie et la rafale,

On distinguait un bruit confus... Par intervalle

La rumeur s'accroissait. De brefs commandements

Retentissaient pareils à des croassements,

Et les éclairs faisaient briller les baïonnettes,

Et déjà des soldats les voix montaient plus nettes.

Le charbonnier cria : « Mort aux brigands!... A mort!... »

Et ce fut le signal... Sur ces hommes du Nord

Les troncs d'arbres noueux et les quartiers de roche

Croulèrent, comme si l'Argonne, à leur approche,

Eût convulsivement secoué de son front

Les rocs et les forêts pour venger son affront.

Les grès lourds écrasaient les Prussiens par vingtaines.

« En avant! en avant! » hurlaient les capitaines

Avec d'affreux jurons; mais ils hurlaient en vain;

Les plus braves soldats tombaient dans le ravin,

Fous de peur, et mouraient avec un cri sauvage,

En songeant au clocher lointain de leur village.

Les rouges coups de feu se croisaient; les blessés

Râlaient en se tordant au revers des fossés...

« Et maintenant, mes fils, marchons à l'arme blanche! »

Dit un vieux paysan...

              Et comme une avalanche

De démons, dans la gorge on les vit se ruer,

Pour armes ayant pris tout ce qui peut tuer :

Le hoyau du sarcleur, le fléau de la grange

Et la serpe... Ce fut une sombre vendange,

Et les torrents gonflés, dans leur flot écumant,

Roulèrent plus d'un froid cadavre d'Allemand...

Lorsque tout fut fini, lorsque leur dernier homme,

Le front dans les roseaux, dormit son dernier somme,

Il se fit un silence. Alors, terrible et fier,

Debout sur le talus, tandis qu'un large éclair

Promenait sur les bois sa silhouette immense,

Le maître charbonnier cria : « Vive la France! »

Achevé d'imprimer

LE 20 DÉCEMBRE MIL HUIT CENT SOIXANTE-DIX

PAR J. CLAYE

POUR A. LEMERRE, LIBRAIRE

A PARIS

Contraste insuffisant

NF Z 43-120-14